서궁마마의
눈물

서궁마마의 눈물: 계축일기

작자 미상 | 김을호 엮음

초판 1쇄 발행일 2021년 4월 15일

펴낸이 박봉서 **펴낸곳** (주)크레용하우스 **출판등록** 제5-80호

주소 서울 광진구 천호대로 709-9 **전화** (02)3436-1711 **팩스** (02)3436-1410

홈페이지 www.crayonhouse.co.kr **이메일** crayon@crayonhouse.co.kr

■ 라이프앤북은 삶의 지식을 전달하는 (주)크레용하우스의 도서 브랜드입니다.
■ KC마크는 이 제품이 공통안전기준에 적합하였음을 의미합니다.

ISBN 978-89-5547-741-2 03810

계축일기

서궁마마의
눈물

작자 미상 | 김을호 엮음

라이프앤북

읽기 전에

《계축일기》는 선조의 승하 때부터 인조반정이 일어나는 시기까지 인목대비가 서궁(경운궁)에 갇혀 핍박을 받는 이야기다. 인목대비 측근의 궁녀가 썼다는 설과 인목대비가 직접 집필했다는 설 그리고 인목대비의 딸인 정명공주가 썼다는 설이 있다.

이렇게 보고 들은 이야기를 그대로 적은 글을 기사문이라고 하는데, 《계축일기》가 기사문이라고는 하지만 광해군과 반목하는 입장인 인목대비 측의 시선에서 쓰였기 때문에 아무래도 광해군이라는 인물에 대한 평가는 박할 수밖에 없다.

그럼에도 불구하고 《계축일기》가 《한중록》, 《인현왕후전》과 함께 3대 궁중문학으로 손꼽히는 까닭은 궁중에서 벌어지는 일들에 대한 세세한 묘사와 서사에 있다. 선조부터 인조까지 이어지는 대격변의 시기 속에서 궁중의 여인들이 겪어야 했던, 그리고 선택해야 했던 일들이 상세하게 적혀 있다.

그래서 그 안의 인물을 추측하는 것은 또 하나의 재미다. 광해군이나 인조에 대한 일화나 평가는 《조선왕조실록》이나 후대의 연구를 통해 우리가 충분히 접할 수 있지만, 그 안에서 또 다른 선택을 해야 했던 여인들에 대한 평가는 그리 많지 않기 때문이다.

예를 들어 자신을 '선왕의 첩'이라고 하는 김 상궁과 '광해군의 밀정'이라는 가히가 등장한다. 김 상궁은 나인들의 존경을 받는 고고한 인물로, 나졸이 자신을 잡아가는 순간까지 호통을 치며 주상(광해군)에게 고언을 하는 장면으로 묘사된다. 하지만 가히는 간사하다는 평가만 있을 뿐 그녀에 대한 배경은 전하지 않는다. 실제로 가히는 김개시라고 알려진 상궁으로 평민 출신이지만 광해군의 책사로도 활약했다. 어쩌면 가히는 이 시대적 상황에서 가장 주체적인 인물이었을지도 모른다. 이런 추측을 《계축일기》는 가능하게 하는 것이다.

또 《계축일기》는 순수한 고유어를 사용한 한글 문학이라는 점에서 높은 평가를 받고 있으며 권선징악의 구조를 이루고 있어 최근에는 사실을 바탕으로 한 소설로서 재평가하기도 한다.

차례

미움을 받는 중전

임인년(1602년, 선조 35년)에 기쁜 소식이 있었다. 중전이 잉태한 것이다. 선조의 첫 번째 중전인 의인왕후는 아기를 낳지 못하고 세상을 떠났다. 대신 후궁들이 낳은 아들이 모두 열세 명이나 되었는데, 그중 공빈 김씨가 낳은 임해군과 광해군이 첫째와 둘째 아들이었다.

선조는 후궁에게서 낳은 자식을 왕세자로 삼을 생각이 없었지만, 임진왜란이라는 큰 난리가 나는 바람에 광해군을 왕세자로 세우고 자신은 피난을 떠났었다. 당시 광해군은 열여덟의 나이로 대신들과 이곳저곳을 다니며 왜군에 맞서 싸우는 장수와 의병장들을 격려하거나 상을 내리는 등 왕세자의 역할을 훌륭히 해냈다. 그러나 전쟁이 끝난 후 바람과 달리 광해군은 여전히 선조에게 꾸지람을 듣는 왕세자일 뿐이었다. 또한 대신들에게도 왕세자로서 신임을 받고 환영받는 터는 아니어서 중전의 잉태 소식이 반갑지만은 않았다.

광해군의 장인인 유자신 역시 그 소식이 반갑지 않았다. 중전이 아들을 낳으면 자신의 사위인 광해군의 위치가 위험해지기 때문이었다. 그래서 대궐 안으로 돌팔매질을 하고 나인들의 화장실에 구멍을 뚫고 나무로 쑤시며 화적 떼가 나타났다고 소문을 냈다. 잉태한 중전이 잘못되길 바라고 벌인 일이었다. 은밀하게 일을 꾸몄다고는 하지만 유자신을 의심하지 않는 사람이 없었다.

이듬해인 계묘년(1603년)에 중전은 무사히 공주(정명공주)를 낳았다. 그런데 유자신은 중전이 대군을 낳았다고 잘못 전해 들어 중전을 미워했다. 중전이 대군이 아닌 공주를 낳았다는 얘기를 제대로 듣고 나서야 중전에게 선물을 보냈다.

선조 승하하다

세월이 흘러 중전은 다시 잉태했고 병오년(1606년)에 대군을 낳았다. 선조가 왕위에 오른 지 사십 년 만에 처음으로 태어난 적장자였다. 온 나라 안이 기뻐했지만 즐거워하지 않는 이가 있었으니 바로 유자신이었다. 유자신은 중전을 미워하며 못된 생각을 했다. 드디어 적장자가 태어났으니 왕세자의 자리가 위태롭다고 생각한 것이다. 게다가 선조는 영창대군을 무척 총애했다.

"이대로 두고만 볼 것이오? 동궁(광해군)을 위해 굿도 하고 점도 쳐야 합니다. 가만히 있다가는 우리 동궁의 자리가 위험해지는 것은 물론이고, 우리 자리도 위험해

질 것이오."

유자신은 동궁을 모시고 있는 권세 있는 신하들과 정인홍(임진왜란 때 의병장이었으며 전란이 끝나자 궁에서 요직을 맡았다)을 부추겨 이런저런 일을 꾸미도록 했다. 또 광해군의 형인 임해군를 세자로 삼은 다음 새로 태어난 대군에게 왕위를 물려주려 한다는 내용의 '선득제 만득제'라는 동요를 지어 거짓 소문을 퍼트렸다. 그리고 명나라 황제에게 광해군을 왕세자로 책봉하는 주청을 드리자고 상감마마(선조)를 재촉하기까지 했다. 하지만 선조는 세자 책봉에 관한 상소가 올라올 때마다 크게 꾸짖었다.

그러던 어느 날, 선조가 병을 얻자 유자신은 정인홍 등에게 상소를 올리게 했다.

"영의정 유영경이 임해군과 대군을 위하느라 광해군의 왕위 책봉을 주청하지 않으니 유영경의 머릴 베소서."

선조의 뜻을 거스르는 이 상소는 매우 광포한 것이었다. 선조는 이 상소문을 보고 대로해서 먹지도 않고 잠

자리에 들지도 않았다.

"어찌 왕을 협박하는가."

선조는 정인홍 등을 귀양 보내라고 명했다. 그러나 병환이 깊어진 선조는 얼마 지나지 않아 세상을 떠나고 말았다. 선조는 세상을 떠나기 전 광해군에게 다음과 같은 유교를 내렸다.

"누군가 참언이나 모함하는 일이 있어도 마음에 두지 말고 어린 영창대군을 가엾게 생각하거라."

형을 죽이다

선조가 평소 광해군을 자주 꾸지람하고 믿지 못하는 부분이 있기는 했다. 하지만 광해군을 물리치고 어린 영창대군에게 왕위를 물려줄 생각은 분명히 없었다. 그럼에도 광해군은 대신들의 모함이나 이간질을 무시하지 못하고 영창대군과 임해군을 없앨 계책을 꾸미고는 했다.

사실 선조가 광해군을 자주 꾸지람했던 데는 이유가 있었다. 선조는 광해군이 어렸을 때부터 불민하다고 여겨왔다. 그런데도 임진왜란 때 형 임해군을 제치고 광해군을 왕세자로 정하고는 항상 타이르고 가르쳐 왕의 재목으로 만들려 했다. 하지만 광해군은 아버지의 뜻에 순종하는 편이 아니었고, 선조의 타이름이나 꾸지람을 못마땅해하기만 했다.

"어찌 자식이 어버이에게 하는 도리가 저럴 수 있느냐?"

게다가 의인왕후(선조의 처음 왕비)의 장례도 마치지 않았는데 광해군은 후궁의 조카를 첩으로 삼으려 했다. 선조는 격노해 광해군을 꾸짖고 허락하지 않았다.

"허락 못 한다. 어째서 부덕한 일을 하려 하느냐?"

광해군은 그 일을 두고두고 원망하다가 병오년에 선조를 속이고 기어이 후궁의 조카를 데려와서는 첩으로 삼았다.

"조카를 내게 첩으로 주지 않으면 네 온 가족이 큰 변을 당할 것이다. 그리고 내가 한 일을 상감께 아뢰어서도 안 된다. 명심하거라."

선조의 바람과 달리 광해군은 부덕한 일도 서슴지 않았다. 그 후 대군이 태어나면서부터는 더 나쁜 마음도 먹었다. 대군을 없앨 마음을 품은 것이다. 광해군은 대군이 점점 커가자 큰 변을 일으켜 갑작스럽게 없앨 계책을 유자신과 의논하곤 했다.

상감께서 운명하시니 광해군은 그날로 아직 귀양을 떠나지 않은 정인홍 등을 궁궐로 불러들여 절차도 밟지 않고 벼슬을 내렸다.

왕위에 오른 광해군은 거침없었다. 먼저 눈엣가시 같은 형님 임해군을 대궐 밖으로 쫓아내려고 일을 꾸몄다. 사헌부(관리의 비행을 조사하고 그 책임을 규탄하는 일을 맡아 보던 관아)와 사간원(임금에게 옳지 못한 일을 간언하는 관아)으로 하여금 임해군은 외척이니 궁에서 떠나야 한다는 상소를 올리도록 했다. 그렇게 만들어진 문서를 보이며 임해군에게 말했다.

"형님, 이제라도 대궐에서 나가면 죄를 벗을 수가 있소. 하지만 궐내에 그냥 머문다면 죄가 더 무거워질 것이니 빨리 나가도록 하시오."

광해군은 임해군을 대궐 밖으로 쫓아내는 것에서 그치지 않았다. 임해군이 대궐 밖으로 나가자 미리 잠복해 있던 군사들이 달려들어 임해군과 가족을 감금해 버렸다.

이때 명나라 사신이 임해군에 대한 사실을 조사하려고 서울에 들어온다는 소식을 들은 광해군은 사람을 보내 임해군에게 말하였다.

"형님을 도울 사람은 나밖에 없소. 몸을 못 쓰는 체하면 처자와 함께 살도록 해 주겠지만 만일 명령대로하지 않는다면 목숨도 안전하지 못할 것이오."

겁을 먹은 임해군은 광해군이 시키는 대로 했다. 그러나 명나라 사신이 돌아가자 광해군은 약속을 지키지않았다. 임해군에게 죄목을 덧붙여 독약을 내리고야 말았다.

불효한 아들

임해군을 죽일 때 광해군은 영창대군도 함께 죽일 생
각이었으나 뜻을 이루지 못했다.

"대군은 아직 어린 데다가 왕위를 물려받자마자 형제
를 둘씩이나 죽인다는 건 어려운 노릇입니다."

광해군은 처음에는 대비에게 문안을 자주 드리더니,
차차 한 달에 두 번으로 바뀌었고 그것도 핑계만 있으
면 거르기 일쑤였다. 간혹 대비를 만나더라도 "아무 일
없다"며 말도 듣지 않고 떠나기만 했다.

선종이 승하한 지 사흘째 되는 날에는 대비께서 울고
계시자 광해군이 손을 내저으며 말했다.

"울지 마시게 해라."

인정이라고는 조금도 없는 모습이었다.

선조의 묘호를 정하려고 할 때도 대비의 뜻을 따르지 않았다.

대비는 "임진왜란 때 쇠해 가던 나라를 바로 세웠으므로 조(祖)를 붙임이 옳을 듯하니 깊이 헤아려 주십시오"라고 했으나, 광해군은 "임진왜란으로 조상도 편안히 지내지 못하셨으니 종(宗)으로도 충분할 듯합니다"라고 했다. (이 책에서는 독자의 편의상 '선조', '광해군'으로 칭하고 있으나 묘호는 사망 이후에 정하는 것이다. 선조에게 처음에는 종자를 주었으나 후에 조로 고쳤다.)

대비가 초상 때 배릉(능에 가서 참배하는 것)을 하러 가겠다고 할 때도 말렸다.

"소상(1년 후 지내는 제사) 때 가시지요."

대비가 소상이 되어 가려 하자 광해군은 다시 말렸다.

"조정에서 말리니 안 되겠습니다. 대상(2년 후 지내는 제사) 때 가시지요."

대상이 되어 배릉을 하려 하자 광해군은 말을 바꿨다.

"지금 가 봐야 무슨 소용입니까. 직접 능을 돌보지도 못할 터니 주변에 폐만 될 뿐입니다."

대비는 선조의 위패를 모신 곳이라도 가 보겠다고 애걸했지만 광해군은 허락하지 않았다.

대비가 왕비에게 부탁해 겨우 허락이 떨어졌는데 이마저도 광해군이 날짜를 마음대로 바꾸는 바람에 준비했던 제사 음식을 모두 버리고 새로 만들어야 했다.

대군을 미워하다

광해군은 간혹 대비전에서 식사했는데 이때도 정명공주는 맞이했지만 영창대군은 맞이하지 않았다.

그러면서 이렇게 말했다.

"영창대군의 목소리가 참 듣기 싫더라."

하루는 영창대군이 형님(광해군)이 보고 싶다고 했다.

그래서 광해군이 문안 왔을 때 공주와 대군을 모두 앞에 앉혀 만나볼 수 있도록 했다.

광해군은 공주를 보고는 앞으로 오라 해서 쓰다듬으며 말했다.

"정말 영민하고 예쁜 아이다."

영창대군이 어려워하자 대비가 너도 앞으로 가서 인사를 드리라고 했지만 광해군은 본 체도 하지 않았다. 그러자 영창대군은 밖에 나가 울고 말았다.

"형님이 누나만 어여뻐하고 나는 알은체도 하지 않으니, 차라리 여자로 태어날 것을 그랬다."

그렇게 영창대군은 온종일 울었다.

광해군은 아들에게 이런 말을 자주 했다.

"내가 살아 있을 때는 괜찮지만 너는 영창대군에게는 조카이니 그 또한 두렵다. 세조도 조카인 단종을 죽이고 왕이 됐으니 이런 일이 생길까 걱정이 된다. 내가 대군을 죽이고 너를 편히 살게 하겠다."

영창대군도 이런 말을 들어 왔기에 세자(광해군의 아들)을 만나길 싫어하고 무서워했다.

또한 광해군은 대비전에서 내수사(왕실의 재산 등을 관리하는 관아)의 물건을 가져다 쓰면 자신에게 알리라고 했다.

그러자 내관 이봉정이 아뢨다.

"필요할 때 쓰시도록 가져다드리겠습니다."

하지만 광해군은 말을 듣지 않고 말했다.

"대비전에서 들여오라고 하는 물건이 있으면 나한테
먼저 알려라."

그리고 내수사의 물건을 다른 곳으로 옮겼는데 다들
대비전에서 쓰지 못하게 하려고 그러는 것이라고 생각
했다.

적들을 없애다

광해군은 영창대군이 자신을 노리고 있다고 끊임없이 의심했다. 그래서 위엄을 과시한다며 밥은 질게 먹고 고기는 거의 날것을 먹었다. 광해군의 눈은 날것을 먹어서 그런지 충혈된 듯이 벌겋게 변했다. 광해군은 채소를 먹지 않고 육식만 하며 단 것만 즐기게 됐다. 사람들은 왕의 행동이 이상하다며 쑤군댔다.

또 주변에서 대비와 광해군 사이를 이간질하기도 했다. 선조가 돌아가신 후 대비가 슬피 울자 나인들이 말했다.

"영창대군을 왕위에 올리려 했으나 그러지 못해서 저

렇게 서럽게 우는 것이라네."

광해군은 이 말을 곧이듣고 대비를 더욱 의심했다.

광해군 4년(1612년)에 김직재의 난(대북파가 소북파를 제거하려고 조작한 옥사 사건)이 일어나자 유자신의 집안에서는 더욱 큰 화를 만들어 낼 요량으로 이름 있다 하는 점쟁이를 불러다 자기네 뜻을 이루려면 어떻게 해야 하는지 물어보았다.

유희량(유자신의 아들)이 묻자 점쟁이가 답했다.

"영창대군은 왕이 될 만한 운명입니다."

그러자 유희량이 다시 물었다.

"남이 죽이려 해도 죽지 않을 운명인가?"

점쟁이가 답했다.

"아무렴 죽고 말고요."

임자년(1612년) 겨울, 유자신의 아내 정 씨까지 대궐에 들어와 딸과 사위와 함께 머리를 맞댔다. 그들은 사흘 동안 자정이 넘도록 일을 벌일 계책을 세웠다. 그들의 계책은 실로 잔혹한 것이었다. 이제는 대비가 된 중전과 영창대군을 계축년 정월 초사흘부터 저주하기로

했다. 털이 하얀 강아지의 배를 갈라 들여오고, 사람을 쏘는 그림을 대전의 책상 밑이며 베개 밑에 놓고 또 바깥사람들이 다니지 않는 곳 등등에 놓았다.

이뿐만이 아니었다. 이렇게 하고는 다른 이들이 저주를 내렸다고 거짓 소문을 퍼트리고 다녔다.

4월이 되자 이이첨, 박승복 등의 유자신 일파는 인목대비의 친정아버지이자 대군의 외할아버지인 김제남이 광해군을 몰아내고 대군을 왕위에 앉히려 한다는 소문을 퍼뜨렸다. 한편으로는 사형수 박응서 등을 달래 자신들에게 유리한 대답을 하면 살려 주겠다고 꾀었다. 박응서는 그들의 꾐에 넘어가 김제남과 함께 대군을 왕으로 세우고자 역적모의를 했다고 거짓 자백을 했다. 이 일 때문에 김제남과 그 아들 그리고 많은 이들이 역적으로 몰려 죽임을 당했다.

이후로 유자신 무리는 어른 아이 할 것 없이 큰 벌을 내리며 자기 뜻대로 하려 했지만 궁중의 나인들은 구실이 없어서 처리하지 못하고 있었다. 이때 박동량이 공을 세워 보려고 나인들이 선조를 저주했다는 거짓 상소를 올렸다. 유자신 무리는 이를 기회로 삼아 나인들을 몰아내려 했다.

박동량의 상소를 핑계로 광해군은 침실상궁인 김 상궁과 대군의 보모상궁인 환이, 침실시녀 여옥이를 데려가려 했다.

그러자 나인들은 소리 내 울었다.

"박동량, 이놈아. 우리의 이름을 알기나 하더냐? 우리에게 무슨 원수가 졌다고 이러느냐."

그중 김 상궁은 열네 살 때부터 선조를 모시던 분이었고, 궁내 나인 중에서도 존경을 받던 사람이었다. 김 상궁은 끌려서 서문을 나가면서 이렇게 말했다.

"어느 나라에서 왕의 첩을 나장의 손으로 잡아 냅니까? 왕도 신하도 하나같이 사람다운 게 없소. 의녀를 시키는 것도 아니고 나장의 손으로 잡아 내니 내가 이 모욕을 어떻게 감당해야 합니까? 왕을 모시는 여인이나 나라의 녹을 먹는 신하는 다들 명심하십시오. 이렇게 하는 것이 옳은 일입니까? 이런 식으로 왕을 속이면 모두가 망하는 길밖에 없습니다."

이렇게 밤이 늦도록 옳은 소리를 하니, 진술을 시키려다가 의녀를 보내 끌어내고는 약을 내렸다.

이뿐 아니라 열세 명의 상궁을 잡아들이라고 명을 내렸다. 이들을 잡아가려 의녀가 예닐곱이나 궁중에 있으니 공주와 대군이 무서워했다.

한 나인이 나서서 의녀를 꾸짖으며 말했다.

"이곳이 누가 계신 곳인지 알고 이렇게 방자하게 구느냐?"

그러자 그들도 말했다.

"우리도 살려고 그럽니다."

공주와 대군은 대비의 포대기 밑에 엎드려서 우는데 무서워 숨도 제대로 쉬지 못했다.

궁에서 몰아내다

유자신 일파는 이 일을 기회로 삼아 대군을 궁궐에서 몰아낼 계책도 세웠다. 역적들이 왕으로 모시려고 한 영창대군을 궁궐에 두어서는 안 된다는 상소를 올린 것이다. 모든 뜻을 함께하고 있으면서도 광해군은 대신들의 성화에 못 이기는 척 내관을 시켜 그 내용을 인목대비에게 전달했다.

대신들이 저리 성화이니 별수 없습니다. 들어주지 않으려고 고집했지만 대신들의 노여움이 거세 어쩔 수 없습니다. 대신들의 노여움을 풀 요량으로 대군을 잠깐 궐

밖에만 내보내려고 하니 들어주소서.

내관의 말을 들은 인목대비는 가슴이 미어지는 듯하였다. 저리 흉측한 말을 아무렇지도 않게 하니 마음이 어수선하고 뒤숭숭할 뿐이었다. 그러나 주상의 말에 대답하지 않을 수 없어 답을 했다.

주상이 짓지도 않은 죄를 물어 제 아버님과 오라버니를 죽이시더니, 이제는 내 자식의 일로 인하여 어버이께 큰 불효를 저지르시렵니까? 대군은 아직 어린애입니다. 대군은 데려다 종으로 삼아 제 명이나 다하게 하시고 제 아버님과 오라버니를 살려 주십사 부탁드리며 내 머리카락을 직접 잘라 보냈건만 받지 않으시고는 이제 와서 어찌 이런 말씀을 하십니까? 어린애가 무엇을 알기나 한단 말입니까? 어른의 죄가 아이한테 가당키나 합니까?

대비의 말을 전해들은 광해군은 내관을 시켜 다시 말을 전했다.

선왕께서 어린 대군을 불쌍히 여기라고 하신 유교(유언)는 잘 간직하고 있습니다. 그러니 대군에 대해선 아무 염려 마십시오. 그리고 제게 대비의 머리카락이 무슨 소용입니까? 두지 못할 것이니 도로 드린 것입니다.

이를 전해들은 인목대비도 광해군에게 다시 전했다.

제 아버님께서 돌아가시게 된 일을 생각하면 지금도 애간장이 끊습니다. 하지만 나라의 법이 중하니 내 마음대로 할 수 없었습니다. 그러나 이 아이는 선왕의 적장자이고 주상의 형제이니 생각을 조금이나마 해 주실까 했습니다. 그런데 이런 말씀을 하시니 애통하고 서러울 따름입니다. 제가 품에 안고 함께 죽을지언정 궐 밖으로 내보내는 것은 어미로서 차마 못 할 노릇입니다.

그러자 광해군은 내관을 통해 답을 보냈다.

설마 제가 아이에게 죄를 물어 견디지 못하게 하겠습

니까? 궐 밖으로 요양을 가는 일은 예부터 있어 왔습니다. 그 정도로 가벼이 여기시고 제발 내보내 주십시오. 대신들이 하도 보채는 통에 제가 그들의 마음을 풀어 주려는 노릇일 뿐입니다. 설마 제가 대군에게 해로운 일을 하겠습니까? 근심은 조금도 마십시오.

광해군의 답을 들은 인목대비는 애가 끓고 답답했다. 그래서 재차 부탁했다.

저를 생각해서 이러는 것이 아닙니다. 주상께서 설마 어린 형제에게 해를 가하시겠습니까? 그러나 영창대군의 나이가 너무 어립니다. 아직 열 살도 안 되지 않았습니까? 게다가 한 번도 대궐 밖을 나가 본 일이 없어 어미로서 걱정이 많을 따름입니다. 선왕을 생각해서라도 인정을 제발 베풀어 주십시오.

간절한 인목대비의 부탁에도 광해군은 생각을 바꾸지 않았다.

대비께서 이리 부탁하시는데 설마하니 대군을 먼 곳으로야 보내겠습니까? 그저 서소문 밖 궐내 가까운 곳에 거처할 집을 마련해 두었습니다. 궐내에 두면 대신들이 보챌 게 뻔하지 않습니까? 잠시라도 그들의 마음을 풀어주는 게 대군에게도 좋은 일이라 생각해 이리하는 것입니다. 선왕께서도 그리 부탁하셨는데 제가 어린 동생을 오죽 잘 돌보겠습니까? 부디 제 말을 철석같이 믿으시고 이제 그만 대군을 내보내소서.

광해군이 저리 단호하니 인목대비가 생각을 바꾸는 수밖에 없었다. 어린 대군을 내보내려니 손발이 덜덜 떨리고 눈물이 앞을 가리지만 힘없는 대비로서는 어쩔 수 없었다.

대군을 위한 일이라니 서러운 중에도 감사합니다. 주상, 부디 선왕을 생각하고 저를 국모라 하시던 일을 생각해서라도 다시 한 번만 생각해봐 주세요. 자식을 많이 두어도 다 귀여운 법인데, 선왕께서는 두 어린애를 두고 가셨습니다. 나도 그때 바로 선왕을 따라갔어야 했으나 어미라 어린 것들을 차마 두고 갈 수 없어 그랬습니다. 그런데 이런 일을 당하는 것을 보니 죽지 않고 살아남은 죗값인가 봅니다. 주상, 내가 죽을지언정 어린 대군을 혼자 내보낼 수는 없습니다. 내가 따라가게 해주신다면 함께 가겠습니다.

그러나 광해군은 듣지 않고 오히려 역정을 냈다.

옳지 않은 말씀입니다. 대군을 궐 밖으로 내보내려는 것은 노한 대신들이 대군을 해할까 걱정하는 마음 때문입니다. 그런데 어찌 이리 제 마음을 몰라주십니까? 이 모든 일이 대비에게나 대군에게나 서로 좋도록 하려는 일이었는데 끝내 이토록 들어주시지 않다니 답답할 따름입니다. 내 마음대로 할 수 없는 일이라 저 역시 조정의 대신들이 하는 대로 할 뿐입니다. 이제라도 내보내 주시면 살 수 있도록 하겠거니와 거역하고 내보내 주지 않으신다면 대군은 살지 못할 겁니다.

광해군은 대비의 대답을 듣지도 않고 내관을 시켜 명을 내렸다.

이제 대군을 어서 내놓도록 하십시오. 지체할수록 그만큼 대군의 죄가 더 커집니다.

더는 버틸 수 없다는 것을 깨달은 인목대비가 말했다.

어린 자식을 내보내야 하는 이 서러움을 어디에 견줄 수 있을까 싶습니다. 그러나 주상이 대군을 지켜 주신다고 거듭 말씀하셨으니 내 그 말을 믿고 내보내겠습니다.

인목대비는 광해군에게 살아남은 친정의 어린 동생들도 부탁했다. 그러자 광해군이 대답했다.

대비의 두 동생은 편히 살게 하겠습니다. 어서, 대군을 내보내 주십시오. 종이며 그릇들이며 궐내에 있던 대로 갖추어 보내십시오. 요양 나가는 것이라 생각하시면 오히려 편안하고 좋을 것입니다. 사람을 시켜 날마다 안부 전하도록 하겠습니다. 대군이 먹고 싶어 하는 것도 얼마든지 보내십시오. 대비가 하시고자 하는 일은 모두 다 들어 드리겠습니다.

다음 날 장정 내관 열 명이 대비전 안으로 몰려와 사잇문을 열어젖혔다. 그 기세에 안에 있던 나인들은 겁을 먹고 구석구석에 몸을 웅크리고 있었다. 내관들이 침실에 올라앉아 거침없이 말했다.

"대비는 무엇이 부족하여 이런 일을 저지르시는고? 대비의 칭호라도 바치시고 대군을 살리려 하실 일이지 어찌하여 이런 역모를 꾀하시는 것인지? 어린애가 뭘 알까마는 일을 저질렀으니 누구 탓으로 돌릴꼬? 더는 지체 말고 어서 대군을 내보내소서."

그들이 내뱉는 말이 몹시 흉악하고 망측해 차마 들어 줄 수 없었다. 대비는 그들의 말이 말 같지 않아 대꾸도 하지 않았다. 대비가 대답이 없는 것을 보자 신난 그들은 마음대로 지껄였다.

"우리의 말이 모두 옳으니 대비께서도 무슨 할 말이 있다고 대답하시겠는가? 아무 말씀 없으신 걸 보면 우리의 말이 정말 옳다는 거지. 너희 나인들은 가만있지 말고 어서 대군을 모셔 와라. 서둘러 모셔 오지 않고 자꾸 지체하면 너희는 모조리 죽임을 당하게 될 것이다!"

대비는 그들의 무례한 태도에 정신을 잃을 뻔했다. 하지만 겨우 정신을 차려 나인 우두머리 네댓 사람을 안으로 들어오게 했다.

"내가 선왕을 따라가지 않은 것은 주상이 선왕의 아드님이시니 내 두 아이라도 편하게 살게 해줄까 하는 마음 때문이었다. 그럼에도 지금껏 하루도 마음 편할 날이 없이 살아왔는데 이제는 대역죄인이라는 죄까지 뒤집어쓰게 되다니 원통하고 원통하다. 밖으로는 내 아버님과 오라버니를 죽이고 안으로는 내 곁을 지키던 나인들까지 죽였으니 그만 되었지 않느냐? 어찌 이 어린 대군에게까지 죄를 씌워 내놓으라 하는 것이냐? 주상이 거듭 설득하고 설득해 어쩔 수 없이 대군을 내보내기로는 하였다. 내 어린 두 동생이라도 어머니와 함께

살게 해준다면 대군을 내보내는 것이 모두를 위한 길이 될 터라 이리하는 것이다. 그러니 제발 주상이 한 약속을 잊지 말라고 전하여라."

"대비가 말씀하시지 않으셔도 주상께서 어련히 알아서 잘하시겠습니까? 더 지체하지 마시고 대군을 내보내도록 해 주십시오."

하지만 대비는 애통해 차마 대군을 내보내지 못하고 시간을 끌었다. 그러자 금부 하인들이 밀고 들어와 대군을 빼앗듯이 업고 나갔다. 대비는 피눈물을 흘리며 그 모습을 지켜볼 수밖에 없었다. 업혀 나가는 대군 역시 눈물 콧물을 흘렸다.

대군을 내보낸 대비는 매일 쉬지도 않고 울었다. 나중에는 음식까지 먹지 않고 물과 얼음만 조금 먹을 뿐이었다. 그리고 문이 열리면 아들과 어머니의 안부를 알아 달라고 채근했다.

강화도로 쫓겨난 대군

궐 밖으로 나간 대군을 잘 돌봐 주겠다던 광해군은 약속과는 달리 한 달 만에 대군을 강화로 보내 버렸다. 애석하게도 대비전에 미리 알려 주지도 않았다. 대비는 그날따라 늦도록 안부 전하는 사람이 찾아오지 않아 수상히 여기고 있는 터였다.

"오늘은 이리 늦도록 안부 전하는 사람이 오지 않는 이유가 무엇이냐? 무슨 일이 일어난 것이 아니냐? 높은 곳으로 올라가 궁 밖 길의 동정을 좀 살펴보고 오너라."

대비의 명령을 받은 나인 한 사람이 다락 근처로 올라가 궁 밖을 살펴보았다. 가만 보니 사람들이 돈의문을 뺑 둘러싸고 있었다. 아무래도 이상해 성 위로 올라가 굽어보았다. 그랬더니 아니나 다를까 화살을 차고 창과 칼을 가진 사람이 수없이 많고 말을 탄 사람도 많았다. 나인은 아무래도 무슨 일이 생겼나 보다 하는 생각이 들었다. 이리저리 둘러보니 한 곳에 바깥사람들이 길을 닦고 있었다. 나인은 그곳 가까이 가서 무슨 영문인지 물어보았다. 대비가 예상한 대로 무슨 일이 일어난 것이 맞았다. 대군을 강화로 옮기게 되었다니 말이다.

이를 알 길 없는 대비는 또 다른 나인을 시켜 내관에게 말했다.

"약속과 다르지 않소? 대군의 안부를 언제고 알 수 있게 해 준다더니 왜 여러 날째 대군의 안부를 알 수 없는 것이오? 대체 대군은 어디에 있는 것이오? 대군에게 먹일 것을 마음대로 보내라 하셨기에 임금으로서 설마 나를 속이겠는가 했는데 나를 속인 게 분명하지 않소? 어서 대군이 간 곳을 알려 주시오."

하지만 내관은 대꾸조차 하지 않았다.

대비가 알면 가슴이 미어지는 이야기는 또 있었다. 대군이 아직 강화로 가기 전에 있었던 일이다. 어느 날, 대군이 자신을 돌보는 김 상궁에게 업혀서도 눈물을 그치지 않았다. 그러고는 갑자기 김 상궁에게 말했다.

"내 발을 씻기고 목욕도 시켜다오."

갑작스러워 김 상궁이 물었다.

"대군마마, 무슨 일이 있으십니까? 왜 갑자기 목욕을 청하십니까?"

김상궁의 말에 대답은 하지 않고 대군이 슬피 울었다. 의아한 김 상궁이 다시 물었다.

"대군마마, 어인 일로 그리 슬피 우십니까?"

"김 상궁, 오늘 며칠이지?"

"갑자기 날은 알아서 무엇 하시게요?"

"오늘이 며칠인지 알아 두어야 해서 그래."

대답을 마친 대군은 더욱 서럽게 울었다. 대군을 모시는 사람은 물론이거니와 주변 사람들 역시 대군이 그리 우는 영문을 몰라 이상하게 생각했다. 그런데 그날 바로 대군을 끌어내 강화도로 데려간 것이다. 유월 스

무하룻날이었다.

　나이는 어렸지만 영특했던 대군이 자신에게 닥칠 화
를 미리 예견했던 것이다.

문 안에 갇히다

대군을 강화도로 보낸 사실을 안 대비는 곡기를 끊어 버렸다. 아무것도 입에 대지 않고 밤낮 서럽게 울기만 했다. 어린 자식이 간 곳을 모르는 애끓는 어미 마음이 오죽할까? 옆에서 대비를 모시는 상궁과 나인들도 애가 탔다.

대비를 생각하는 마음이 갸륵한 변 상궁이 콩가루를 냉수에 타 드렸다. 하지만 대비는 그것마저 물리기 일쑤였다.

"마마, 우는 것도 힘이 있어야 합니다. 제발 목이라도 축이소서."

대비는 변 상궁의 눈물을 보고서야 겨우 두어 번 마시다 말았다. 대비는 계축년(1613년), 갑인년(1614년), 을묘년(1615년)이 되도록 콩가루를 꿀물에 탄 것을 하루에 한 번 겨우 마실 뿐이었다.

　기운이 없어도 대비는 자신이 잘 있는지 살피러 오는 내관에게 묻고 또 물었다.

　"대군의 소식을 좀 전해 주시오."

　하지만 내관은 대비의 이야기를 들은 체도 하지 않았다. 그뿐만이 아니었다. 대비가 대군을 찾으러 밖으로 나갈까 염려해 대비전의 문은 사잇문까지 다 밀어서 닫아 버렸다. 그러고는 대비전 안에는 장정 같은 나인을 십여 명 보내 살폈고, 대비전 밖에는 장정 내관을 보내 시시때때로 살폈다.

　아기나인들이 무서워 울기라도 할 것 같으면 은덕이, 갑이 등이 욕을 하고 꾸짖으며 죄 없는 아기나인들을 때렸다.

　"네년들과 대군이 대관절 무슨 상관이 있다고 이리 우느냐? 네 어미나 아비가 죽거든 그때나 울고 대군을

위한다며 울지 말거라. 요년들, 계속 울면 우는 눈구멍
에 재를 뿌려줄 테다."

대군의 소식을 알 길 없는 데다 친정어머니가 살아
계신지도 알 수 없어 대비는 답답했다. 그래서 하루는
문안 오는 내관에게 물었다.

"노모의 생사에 대한 기별이나 듣고 죽게 문을 열어
주어라."

처음에 내관은 대비의 말에 아무런 대답도 하지 않았
으나 하도 여러 번 대비가 부탁하니 보다 못해 주상에
게 알렸다. 내관의 이야기를 들은 광해군은 대비의 부
탁을 들어주기는커녕 내관을 꾸짖기만 했다.

"본래 역적 집안은 삼족을 멸하고 그 집을 모두 부숴
못 살게 하는 게 마땅하다. 하지만 대비를 생각해 내수
사에 일러 양식이나마 들여보내도록 했다. 그런데도 어
째서 대비는 가만히 계시지를 못하고, 자꾸 기별을 듣
고 싶어 하시는 게냐? 나인들이 부추기기 때문이냐? 만
약 또 내관이 이런 말을 전할 시에는 나인들을 다 죽일
것이니 다시는 전하지 말거라."

꼭꼭 닫힌 문 안에서 갇힌 것처럼 지내길 1년, 대비는 하도 답답해 문안을 하러 온 내관에게 문을 좀 열어 달라고 부탁했다. 하지만 광해군은 몇 번이나 들은 체도 하지 않았다. 대비가 재차 부탁하자 귀찮다는 듯 말했다.

"설마 삼 년이나 문을 닫아 두겠느냐? 아직 잡지 못한 죄인이 있어 그러니 그 죄인을 마저 잡으면 문을 열어 주마."

대비의 생일이 되었다. 광해군이 문안을 전하는 내관을 보내자 대비가 내관을 붙잡고 또 이야기했다.

"주상, 사람의 정은 한가지 아니요? 주상도 나도 사람입니다. 어찌 그리합니까? 내 친정 식구를 끌어내 죽였고 대군마저 내가더니 어디로 갔단 말도 없으니 내 어찌 살아야 합니까? 이 모진 목숨이 죽지를 못하고 살아서 노모의 안부나 듣고자 바라고 있으니 제발 문을 열어 안부나 듣고 죽게 해주시오. 그러면 내 지하에 가서도 잊지 않겠소."

대비의 애끓는 청에도 광해군은 대답이 없었다.

다음 해가 밝았다. 문안 내관을 통해 대비는 또다시 간절히 빌었다. 광해군은 역시 대답이 없었다.

자신의 간절한 청을 번번이 거절하는 광해군을 보고 대비도 마음을 달리 먹었다. 그리하여 나인들을 불러 말했다.

"내 이 설움을 끈기 있게 견딜 것이다. 나는 나라의 어른인데 이렇게 인질이 돼 노모의 안부도 모르고, 대군의 안부마저 모르게 됐다. 피가 끓고 애가 타지만 이제 내관에게 사정하지 않을 것이다. 이렇게 사정하다가 오히려 화를 입을까 두렵다. 이제는 다시 간청하지 않을 것이다. 아무리 답답해도 꿋꿋하게 견뎌 낼 것이다."

나인들의 암투

궐에 사는 나인 중에 중환이와 경춘이라는 하인이 있었다. 둘 다 손버릇이 나쁘고 성정이 거셌다. 게다가 주상(광해군)의 밀정인 가히에게 잘 보이려고 애썼다. 그러나 중환이와 경춘이에 대한 일을 나인들은 잘 몰랐다. 중환이와 경춘이를 아는 침실 상궁들이 워낙 입이 무거워 소문이 나지 않았기 때문이다. 중환이와 경춘이는 닥치는 대로 물건을 훔치고 밤이면 사잇문을 열고 들어가 대비전을 염탐해서는 가히에게 보고했다.

대비전의 나인들은 이런 중환이와 경춘이에 대해 꿈에도 몰랐었다. 가히의 심복이면서도 대비전 나인들이 보는 데서는 슬픈 체를 하고 다녔기 때문이다.

계축년(1613년) 동짓달이었다. 중환이가 대비에게 말했다.

"마마, 이렇게 손을 놓고 계시면 안 됩니다. 대군이 살아나시고 닫힌 문이 쉽게 열리게 하실 방법을 찾으셔야 합니다. 경을 읽어 보시면 어떨까요?"

"경이란 것은 무엇보다 정성이 중요한 것이 아니냐. 나도 그렇고 대비전 나인들도 그렇고 모두 마음이 산란한데 정성을 다해 경을 읽을 수나 있겠느냐? 그런 경이 무슨 효험이 있겠느냐?"

대비가 말렸으나 꿍꿍이가 있는 중환이는 아랑곳하지 않고 아뢰었다.

"앉아서 괴로워하느니 저라도 나서서 경을 읽겠습니다. 그러다 보면 본댁 소식과 대군 아기씨 소식을 알 수 있지 않겠습니까? 저라도 정성을 다해 경을 읽을 테니 허락해 주소서."

중환이의 속을 알 길 없는 대비는 기특하다 하며 그러라고 하였다. 중환이는 뜻대로 경을 읽게 되었다. 그리고 얼토당토않은 말을 지어내 가히에게 일러바쳤다.

"대비가 주상께서 죽으라고 하늘에 제사 지내며 비십
니다."

가히가 경을 읽는 곳을 찾아가서 보았으나 대비가 직
접 내려온 적이 없었다. 가히는 남아 있는 나인들을 죽
이고 대비 홀로 고통스럽게 죽어 가게 하고 싶었지만
트집을 잡을 수 없어 애태우기만 할 뿐이었다.

문 상궁의 죽음

같은 해 섣달에는 문득 중환이가 대비전의 문 상궁을 찾아왔다. 문 상궁은 평소 중환을 가엾게 생각하는 터여서 종종 도와주곤 했다. 특히 오라비가 옥에 갇혀 있을 때 문 상궁이 쌀에 반찬에 입을 것까지 도와준 터라 중환은 늘 고마워했다.

"상궁마마, 바깥소식을 몰라 답답하시지요? 몰래 바깥과 내통한다는 소문이라도 나면 큰일이지만 어머니와 동생들 안부를 몰라 오죽 답답하십니까? 걱정일랑 마시고 오라버니께 안부를 여쭙는 글을 써서 주시면 제가 몰래 전달하고 오겠습니다."

문 상궁은 조금도 의심하지 않았다. 중환이에 관한 소문을 들어본 적도 없는 데다가 자신에게 늘 고마움을 표현하며 머리를 조아리는 터라 중환이의 본 모습을 꿈에도 몰랐기 때문이다.

그래서 문 상궁은 의심하지 않고 자신의 오라비인 문 득람에게 전할 글을 써 주었고 중환은 그 즉시 답을 받아왔다.

대비전은 동쪽 구석이고 중환이 머무는 곳은 서남쪽 행랑이었는데 동쪽과 서쪽을 오가던 사람이 여럿이나 나가 죽은 터라 궁중이 텅 비어 밤이 되면 인적이 끊어졌다. 갑자기 군사가 쳐들어와 날뛰어도 알 길이 없을 정도였다. 상황이 이렇다 보니 중환은 더욱 마음대로 행동했다. 누구라도 중환의 행동거지를 살펴보면 이상한 점이 한두 가지가 아니었을 것이다.

게다가 부전이랑 은덕이라는 종을 심복처럼 부렸는데 둘 다 본래 중환의 종이 아니었다. 부전은 본전 감찰 상궁의 종이었고 은덕은 천복의 종이었다. 부전이와 은덕이는 중환에게 붙어 공을 세우려고 밤낮으로 대비전의 동정을 살피었다가 아주 작은 일이라도 중환이에게 고해바쳤다.

그뿐만이 아니었다. 중환은 대비전을 향해 못된 말도 서슴지 않았다.

"큰일을 저질러 곱게 살지 못하고 저리 서러운 꼴을 당하는 게 다 누구 탓이겠는가?"

이러면서도 중환이는 아무렇지 않게 문 상궁에게 드나들었고, 문 상궁은 중환의 검은 속마음을 꿈에도 몰랐다. 오히려 다른 나인이 의심이라도 할라치면 중환이를 두둔하기 바빴다. 두터운 신임을 얻은 중환이는 문 상궁을 찾아가 또 말을 전했다.

"상궁마마, 시녀 방 씨 기억하시지요? 글쎄 듣자 하니 아무 탈 없이 잘 살고 있다지 뭡니까? 게다가 그의 오라비가 대전별감을 지냈는데 대군이 계신 곳에도 간다지 뭐예요. 거길 통하면 대군의 소식을 들을 수 있지 않을까요?"

중환의 이야기에 문 상궁이 놀란 표정을 지었다.

"쉿, 목소리 낮추게. 누가 들을까 무섭네. 누가 그런

55

어려운 일에 나서겠는가?"

"걱정 마십시오. 제 오라비를 시키겠습니다. 상궁마마의 은혜를 어찌 갚나 했는데 이렇게 갚습니다. 얼른 글을 써 주십시오."

문 상궁은 그저 상심한 대비를 위로하겠다는 마음에 이 일을 나이가 많은 변 상궁에게 알렸다. 하지만 변 상궁이 이를 만류하며 말했다.

"그 정성이 지극한 것은 알겠지만 이 일이 발각되면 큰일이 벌어지니 대비께는 여쭙지 말게."

그러자 문 상궁이 화가 나서 말했다.

"어떻게 그렇게 말씀하십니까. 제가 사람을 불러온 것이 아니라 믿을 수 있어서 말씀드리는 것이니 형님도 그런 의심하지 마세요."

문 상궁이 그 일을 대비에게 전해 드리니 대비는 애통해하면서 말했다.

"아이의 안부를 듣고 싶어 밤낮으로 서러워하는 처지에서 소식을 듣지 않을 이유야 없겠지만, 혹시 제 공을 세우려 하는 것일지 몰라 글을 적어 주지는 못하겠구나."

변 상궁이 문 상궁을 다시 꾸짖으며 말했다.

"자꾸 이러면 내가 문 앞에 가서 소리를 지를 것이야. 가만히 듣고나 있지 어찌 이런 일을 저지르려 하나?"

그러자 문 상궁이 화를 내며 대답했다.

"변 상궁은 대비마마를 위하는 마음이 지극한 줄 알았는데 그렇지 않은 모양이요. 내가 알아서 할 것이니 내버려 두시오."

변 상궁은 대군의 소식을 알려 달라고 스스로 편지를 써 중환이에게 주었다. 중환은 이 편지를 가히에게 주었고 그 측근들은 이를 빌미 삼아 나인들을 하옥하고 고문했다. 그리고 문 상궁을 통해 소식을 주고받던 이들을 다 잡아냈다.

중환은 자신도 잡혀간 척하며 광해군의 측근이 원하는 말을 쏟아냈다.

"향을 피우고 상감마마 죽으라고 정성을 다해 빌었습니다."

다들 중환이의 입에서 자기의 이름이 나올까 봐 벌벌

떨었다.

이 일로 문 상궁은 물론이고 문 상궁의 가족을 비롯해 대비전의 많은 나인들이 바깥과 내통했다는 죄목으로 극형에 처해졌다. 자신에게 은혜를 베푼 문 상궁까지 배신한 중환은 상을 받고 광해군의 밀정인 가히 밑으로 들어가 더 편히 지내게 되었다.

하늘로 간 대군

갑인년(1614년)이 되자 내관이 찾아와 변 상궁에게 광해군의 말을 전했다.

"너희는 대비마마를 모시고 편히 살 수 있었으나, 대군을 왕으로 모시려다 이렇게 된 것이니 목숨이나 보전하는 것을 다행으로 알고 내 말을 잘 들어라. 대군을 처음에 경성에 두었더니 조정에서 죄인을 성안에 두는 것이 옳지 않다고 하여 하는 수 없이 강화로 옮겼는데, 그 명이 원래 짧은 것인지 오래 지나지 않아 죽고 말았다. 죄인의 죽음이라 그냥 두려 했으나 내가 형제지간의 의리를 생각해 비단 이불과 좋은 관을 갖추어 극진히 안

59

장했으니 그리 섭섭하지는 않을 것이다. 하지만 대비께서는 대군이 제 명에 죽었건만 내가 죽였다고 하실 것이 뻔하니 천천히 아시도록 해라. 너희만 알고 있다가 때를 보아 마음이 가라앉았을 때 아시도록 하면 아무 일이 없을 것이다. 수시로 한숨만 쉬며 서러워한다는 말이 내게 들리면 벌을 내릴 것이니 그리 알고 있거라."

대군이 돌아가셨다는 말을 듣고 대비전의 상궁과 나인들은 소리 내 울지도 못하고 가슴만 두드리며 원통해했다. 대군의 소식을 대비에게 전할 수 없어 쉬쉬하면서 4월이 되도록 숨죽여 보냈다.

어느 날 대비가 꿈을 꾸었다. 두 젖이 흐르는데, 많은 사람이 모여 영창대군을 한 번씩 안아 주더니 대비에게 안겨 주었다. 대비는 워낙 반가운 나머지 울먹이며 젖을 먹이다 잠에서 깨었다.

"이상한 꿈이다. 대군을 어르며 젖을 먹이는 꿈인데 왜 이리 몸이 떨리고 두려운 마음이 드는 것일까?"

대비의 꿈 이야기를 들은 나인들은 차마 사실대로 말할 수 없어 적당히 둘러댔다.

"마마, 본디 젖이란 것이 아기들의 양식 아니옵니까? 꿈에서 젖을 드셨다니 대군께서 무병장수하시고 곧 마마를 만날 좋은 꿈인 듯하옵니다."

며칠 후 대비는 또 꿈을 꾸었다. 그런데 이번에는 대군이 대비에게 안겨 울며 말하는 것이었다.

"어마마마, 인간의 복과 운명은 미리 다 정해져 있어 인간의 힘으로는 어찌할 수 없는 모양입니다. 저는 슬픈 일을 당했지만 지금은 옥황상제 곁에서 잘 지내고 있습니다."

"어디를 간 게냐? 나는 네가 간 곳을 몰라 애가 타 죽을 것 같구나. 어째서 네가 간 곳을 내게 알려 주지 않느냐?"

대비가 대군을 붙들고 물었다.

"아셔도 소용이 없습니다."

말을 마친 대군은 대비의 품에서 빠져나와 사라져 버렸다. 꿈에서 깬 대비는 심상치 않음을 느꼈다. 그래서 나인과 상궁들을 불러 모아 놓고 말했다.

"사실대로 말하거라. 대군에게 무슨 일이 일어난 게

냐? 설마 대군이 죽었는데도 나를 속이고 있는 게냐? 나를 계속 속이면 나도 대군을 따라갈 터이니 어서 사실대로 말하거라."

대비의 말에 상궁이 눈물을 흘리며 사실대로 말했다. 더는 대비를 속일 수 없었기 때문이다.

"저희는 속이고자 했으나 대군이 영특하시어 이렇게 꿈에 나타나시니 더는 속일 수 없겠습니다."

대군의 소식을 들은 대비는 이야기를 듣자마자 쓰러지고 말았다. 대비의 온몸이 나무토막처럼 뻣뻣해졌다. 상궁과 나인들은 냉수를 떠다 먹이고 대비를 주물러 겨우 정신을 차리게 했다.

"마마, 이제 아무리 애간장을 태우시고 서러워하셔도 대군마마는 돌아오지 못하십니다. 마마께서 설움을 이기지 못하시고 옥체를 버리시는 건 저들만 기뻐할 일입니다. 기다렸다는 듯이 그간 일어난 일을 모두 마마에게 뒤집어씌울 게 분명합니다. 선왕 곁을 지키던 많은 사람이 목숨을 잃었습니다. 저희도 목숨을 끊어 이 끔찍한 것을 그만 보고 싶지만 대비마마를 생각해 목숨을 부지하고 있습니다. 마마, 부디 참고 이겨 내셔야 합니다. 본댁 어머님께서도 어린 손자들을 데리고 병든 몸으로 대비마마를 만날 날만 기다리고 계신답니다."

"나라고 그걸 모를 리가 있겠느냐. 선왕이 가시고 어린애 자라는 것이나 보며 살려고 했는데 동서도 구별 못 하는 어린애를 위력으로 빼앗고 간 곳도 가르쳐 주지 않더니 죽게 했다니 기가 막히는구나. 어머님이며 서럽게 죽은 내 형제들을 생각하니 내가 저승에 가서도 떳떳이 볼 낯이 없구나. 그럼에도 내 차마 죽지는 못하지만 대체 내게 무슨 원수를 졌기에 이렇듯 서러운 일을 겪게 하는 것인가. 선왕에게 사랑을 못 받은 원한을 다 내게 풀려는 것인가. 내 친정 가문은 물론이고 어린 대군까지 모두 죽였으니 이제 어쩌면 좋으냐? 병든 내 노모 소식마저 알 길이 없으니 내 어찌 살아야 하겠느냐? 제발 노모 소식이라도 듣게 문을 열어 주어라."

그러나 바깥 경비가 삼엄해 대비는 병든 노모의 안부마저 알 방도가 없었다.

변 상궁의 병

다시 세월이 흘러 가을이 되자 열병이 유행하기 시작했다. 대비전에 상궁이라곤 변 상궁밖에 남지 않아 모두 그녀를 의지하고 있었는데 그만 앓아누워 버리고 말았다.

대비는 어떻게 해서든지 살리고자 갖가지 약을 써 보았으나 이미 나이가 많고 고생을 한 터라 살길이 막막해 보였다.

"나인의 병이 중하니 내보내 주시오. 살릴 방도가 없겠소."

대비가 여러 번 청했으나 들은 체도 하지 않았다. 그

래도 대비가 계속 청하자 "무슨 짓을 하려고 거짓 병을 꾸며 나인을 내보내려 하느냐"며 내보내지 않았다.

그 서슬이 무서워 아무 말도 못했는데 변 상궁의 병이 하도 중해져서 다시 나을 방도가 없을 정도가 되자 그제야 내보내 주었다.

내보내 주면서도 별장, 내금위 등으로 하여금 문 안을 지키게 한 뒤 의녀를 시켜 상궁의 속치마까지 뒤져 보게 했다.

내관이 옷 사이에 무엇이 들었는지 햇빛에 비춰 보고, 신발을 탈탈 털어 보며, 머리까지 짚어 보고 나서 말했다.

"왕께서 따로 말씀하신 바가 없으니, 별장과 내금위들은 샅샅이 잘 뒤져 보아라. 행여 무슨 전갈이라도 숨겨 가거나 감추고 있는지 잘 살펴보아라."

내시와 내관들이 상궁을 껴안고 이리저리 살펴보고 아무것도 없다 하니 그제야 허락이 떨어졌다. 변 상궁이 아프지 않았다면 견디기 힘든 모욕이었다.

나인들이 너무 치욕스럽다며 울면서 항의하자 내관

이 대답했다.

"우리한테 그런 말을 해 봤자 아무 소용이 없네. 우리도 죽을까 두려워 이렇게 하는 것이네."

변 상궁이 궁 밖으로 나가 오랜 시간이 흐른 뒤, 대비가 변 상궁의 병이 다 나았으면 다시 들어오게 해 달라고 했지만 아무 소식도 들을 수 없었다.

천복의 방화 사건

천복이란 자가 있었다. 원래 미련하고 운이 없어서 나이가 육십이 되도록 자식 하나 없었고, 얼굴이 기름을 칠한 듯 검었다. 언문 한 자 쓰지 못하는 자였는데, 항상 자기가 좋은 자리에 쓰이지 못한다며 원망만 하고 다녔다.

어느 날 천복이 대비전에 들어오더니 말했다.

"대비마마는 어디 계신가? 올라가 이르거라."

"대비마마는 잘 계시니 물러가시오."

이 말을 듣고 천복은 다시 말했다.

"왕께서 나를 변 상궁 대신 들어가 대비마마를 모시

라 하셨으니 대비마마를 뵙게 하라.”

“아주 모시러 들어왔으면 든든한 일이니 물러나 쉬고
있으라.”

나인이 답하자 천복이 화를 내며 말했다.

“내가 오고 싶어서 온 줄 아오? 싫다고 하니 상감마
마와 중전마마가 모두 네가 들어가서 잘 모시라 하고,
그리하지 않으면 죄를 묻겠다 해서 억지로 온 것이오.”

말이 곱지 않아 처음부터 좋은 생각이 들지 않는 자
였다. 천복은 즉시 안으로 들어가 앉으면서 대비에게
말했다.

“상감마마와 중전마마께서 저에게 친히 잘 모시라 해
서 찾아왔습니다.”

대비는 매우 괘씸히 여겨 대답도 하지 않았다. 머쓱
해진 천복은 자리에서 물러나 나가며 나인에게 말했다.

“상감마마와 중전마마가 나를 보내셔서 밥은 나라 일
을 하는 사람에게 말해 지어 먹고, 옷 지어 줄 사람이
없으면 시녀를 시켜 지어 입고, 옷감이 없으면 대비마
마에게 부탁해 받아 입고, 말을 듣지 않는 자는 내관을

69

시켜 상소를 올리라 하셨소. 잘못된 일이 있으면 내수사에서 벌을 줄 것이고 달거리하거나 병든 사람 있으면 내보내라 하셨소."

나인은 놀라며 말했다.

"그대로 되면 좋은 일이지만, 그건 대비마마께서 하실 일이오."

그러자 천복이는 말이 없었다.

들어온 지 며칠이 지났지만 대비가 찾지 않자 천복은 화를 냈다.

"대비마마가 나를 찾지 않으면 글을 써서 올리라 하셨는데 이렇게 푸대접하니 상감마마를 업신여기는 것 아닌가 싶소. 내가 반드시 글을 써서 올리겠소."

대비를 호위하는 자 중 하나가 이 말을 듣고 대비에게 말을 전하니 괘씸하지만 한번 불러오라 했다.

대비가 천복에게 물었다.

"너는 왜 여기로 들어왔느냐?"

"들어가서 잘 모시고, 요사스러운 일을 하려 하면 막고, 글로 아뢰라 하셨습니다."

"그것 참 용한 말이구나. 내가 아무리 위세가 꺾였다 한들 종 부리는 것까지 말을 들어야 한다는 말이냐? 며느리가 시어미를 타이르는 나라가 어디 있다는 말이냐. 부모 동생이며 어린 아기까지 없애고도 무엇이 남아 있어서 나를 이곳에 가둬 두는 것이냐? 그 죗값을 어떻게 치르려고 하는 것인가? 선왕의 아들이라 내가 말을 아끼노라. 중전도 왕이 잘못하는 일이 있으면 잘 타일러야 하거늘, 왕이 잘못하는 일을 그대로 좇아서 하는구나."

그 말을 듣고 천복이 말했다.

"혹시 문을 열지 못해서 그러시는지요? 친히 글을 써서 주시면 제가 내관을 시켜 상감마마와 중전마마에게 전하겠습니다."

"전날에도 여러 번 간곡히 적어 보냈는데 한 번도 대답이 없었다. 서럽기는 하나 다시 빌 수는 없는 노릇이니 이만 물러가거라."

밖으로 나와 천복은 대비가 어버이도 아니면서 어버이 행세를 하느라 빌지 않는 것이라며 빈정거렸다.

또한 천복은 공주를 싫어했다. 어느 날 공주가 마마(천연두)를 앓자 천복은 이제야 뜻을 이루었다고 좋아하며 일부러 고기를 저미고 술을 마셨다(당시 비린 음식을 먹거나 칼을 함부로 쓰면 역신이 화를 내서 마마가 창궐한다고 믿었다).

이때 천복은 나쁜 마음을 먹고 섣달 17일 침실 근처에 몰래 불을 놓았다.

마침 상궁이 발견해 "불이야!"라고 외쳤고, 나인들이 옷에 물을 적셔 와서는 불을 쳐서 껐다. 하지만 한쪽 처마 끝은 벌써 타서 기울어져 있었다.

천복은 불이 꺼진 후에 나와 종들에게 말했다.

"숯섬에서 불이 나는 것은 하나도 이상한 일이 아니다. 원래 숯섬이란 오래 쌓아 두면 불이 나는 법이다."

그 말에 다들 의아해했다.

"그렇다면 선공(땔감을 맡아 보는 관아)에는 어떻게 숯을 쌓아 두며, 지금도 여러 곳에 숯을 쌓아 두었는데 여기서만 불이 났으니 수상하오."

"그렇다면 누가 일부러 불을 냈다는 말이냐?"

이는 마마를 앓는 공주를 놀라게 해 타 죽게 하려는
계략임이 틀림없었다. 그 후로도 천복은 가만가만 칼질
도 하고 온갖 음식을 다 먹으며 공주가 마마를 심하게
앓게 하려 했다.

서궁의 눈물

갑인년(1614년) 4월이 되자 광해군은 내관 박충신을 보내 공주와 대군이 쓰던 집기들을 모두 들어내라 했다.

나인들이 까닭이나 알고자 했으나, "잠시도 쉬지 말고 모두 끄집어 내라" 하며 공주의 피접소(몸을 피해 있는 곳)부터 세간을 끄집어내더니 다시 내관을 보내 대군의 세간까지 다 밖으로 꺼냈다.

솥가마며 다듬이돌까지 각종 세간을 꺼내자 내관들은 이것을 수레에 싣고 갔다.

남쪽의 곳간은 내관이 문마다 빗장을 만들고는 물품을 다 헤아렸다.

얼마 후에는 대비전의 담을 더 높이고 그 위에 가시덤불까지 쌓았다. 그리고 문에 나무를 대어 못을 박고 축대 밖으로 담을 쌓았다.

이렇게 궁중을 줄여 겨우 다니게 만들었다. 아침마다 삼전(왕, 왕비, 세자)에서 문안은 왔으나 아무 말도 하지 않고 그냥 가 버렸다. 무슨 말이라도 하려 하면 문안 온 사람은 이렇게 말했다.

"우리는 들으려 온 것이 아니라 문안만 알려고 왔노라."

하루는 문안 내관이 왔기에 글을 적어 보내려 하니 답했다.

"손이 없어서 못 가져가겠습니까, 발이 없어서 못 가져가겠습니까, 입이 없어 못 전하겠습니까? 가져오지 말라고 하니 못 가져가는 것입니다."

궁중이 좁아 더러운 것을 버릴 데도 없었다. 내관이 한곳에 쌓아 두라고만 할 뿐 치워가질 않으니 악취가 진동하고 구더기가 들끓었다. 문안 상궁이 울면서 치워 달라고 여러 번 이야기하자 그제야 별장과 내금위가 하인을 데리고 와서 치워 갔다.

나인들은 떨어진 옷을 누덕누덕 기워 입기도 했고 헌옷을 뜯어 노끈처럼 꼬아 신발을 만들어 신기도 했다. 이런 상태가 여러 날 계속되자 바가지조차 구할 수가 없게 돼 소쿠리로 쌀을 일어야 했다.

나인들은 솜이 없어 겨울을 떨며 보냈다. 그러다가 우연히 면화 씨가 들어온 것을 심어 솜을 만들었다. 햇나물을 먹을 방도가 없을 때는 짐승의 똥에 섞여 있는 외와 동아 씨를 심어 상을 차렸다.

여러 해째 궁궐을 손보지 않고 내버려 두자 급기야 대들보가 꺾이고 기울어져 사람이 다치게 되었다. 보다 못한 대비는 광해군에게 아뢰라고 백 번도 더 청하였다. 그러나 내관은 들은 체도 않고 이 모든 것을 지켜보기만 했다. 하는 수 없이 나인들이 힘을 합해 큰 나무 기둥을 가져다 괴었다. 대비전을 둘러싼 담이 무너져도 나인들이 쌓는 수밖에 없었다.

대비전이 조용하면 광해군은 내관을 보내 경고하고는 했다.

"조용히 들어앉아서 이상한 일을 치를 꿍꿍이를 내지 마라."

무오년(1618년) 여름에도 또 불이 났다. 대비는 방 안에 갇혀 피를 토했다. 이 사실을 나인이 내관에게 알렸지만 내관은 불은 끌 생각도 안 하고 엉뚱한 것만 물었다.

"대비마마는 어디가 아프시냐? 갑자기 무슨 연고로 피를 토하신 게냐? 하루에 몇 번씩 토하시느냐? 나인의 말은 믿을 수 없으니 내 의녀를 들여보내마."

"의녀가 급한 게 아닙니다. 어서 문을 여십시오."

내관은 나인의 말은 듣지 않고 오히려 협박만 할 뿐이었다.

"자꾸 거짓을 꾸며 문을 열라고 수작을 부리면 나인을 모두 죽이겠노라."

정사년(1617년)부터는 조정에서 음력 초하루가 되어도, 대비의 생일이 되어도 문안은커녕 절하러 오지도 않았다.

신유년(1621년)이 되자 광해군은 포수를 고용했다. 원래 왕의 농토를 지키던 포수였는데 이들이 한밤중에

순찰을 도니 나인들은 모두 죽이는가 싶어 긴장했다. 포수들은 해마다 본궁에 가서 총을 쐈는데 귀신을 몰아 대비전으로 보내려 한 것이다.

나인들이 병이 들면 백 번은 빌어야 겨우 나가게 해 주었지만 가히, 은덕, 갑이와 같이 광해군의 측근을 알고 있는 나인이면 병이 들지 않아도 밖으로 나갈 수 있도록 했다. 그러자 얼마 남지 않은 나인들은 울며 내관에게 말했다.

"집은 크고 사람 수는 적어 밤이 되면 무섭습니다. 그러니 앓는 사람만 데려가고 그렇지 않은 나인은 데려가지 말아 주십시오."

대전 내관은 애원하는 나인들에게 쏘아붙였다.

"대군도 데려간 마당에 나인들 따위야 무슨 상관이냐? 아무 소리 말거라."

대여섯 차례 나인들을 데려간 것도 모자라 계해년 (1623년) 1월 3일에는 죽은 나인의 종까지 다 데려가려고 했다. 그래서 대비가 빌다시피 하며 말했다.

"나를 죽이려는 생각으로 이곳에 가두었으니 내 벌

써 죽었어야 한다. 그러나 내 명은 하늘에 달린 것이라 사람의 뜻대로는 못 할 것이다. 나인 삼십여 명을 다 죽였으니 이제 궁중이 텅 비어 까막까치와 도깨비만 꾀어 들끓는 형편인데 죽은 나인들의 종들까지 내놓으라니 나 혼자 무서워 어찌 살란 말이냐."

대비의 간청에도 광해군은 들은 체도 않고 종들을 내놓으라고 독촉만 했다. 두어 나인의 종을 겨우 내주자 데려다가 심하게 부렸다. 그 이후에도 자꾸 찾아와 대비전의 나인들을 내놓으라고 재촉했다.

문이 열리다

계해년(1623년) 3월 13일 문이 열렸다. (인조반정이 일어난 시기다. 인조반정은 서인 일파가 광해군과 대북을 몰아내고 능양군 이종을 옹립한 사건이다. 인조는 임진왜란 중에 선조의 다섯째 아들인 정원군과 구 씨〔인헌왕후〕 사이에서 태어났다. 광해군은 반정이 일어나자 의관인 안국신의 집에 숨어 있다가 잡혀 강화도로 유배되었다.)

계축년(1613년)부터 대비께서 겪은 일은 이루 말할 수 없다. 서러운 일이며, 내관을 보내 겁박하고 꾸짖던 일이며, 도리에 어긋난 일이며, 박대하고 불효한 일들을 모두 쓸 수 없어 그중 만 분의 일이나마 쓰는 바다.